W0465344

à coucher dehors

scénario Aurélien DUCOUDRAY
dessins & couleurs ANLOR

GRAND ANGLE

Il n'est pas fréquent qu'un héros de BD soit handicapé mental, et plus précisément porteur de trisomie 21... Nous avons donc été particulièrement touchés qu'Aurélien Ducoudray et Anlor abordent le thème de la différence. Avec une grande justesse, ils nous amènent à découvrir les liens qui se tissent entre Amédée, sans domicile fixe, et Nicolas, jeune trisomique admirateur de Youri Gagarine et de l'espace.

Cette rencontre, au départ inattendue, sera riche en rebondissements et en enseignements pour tous. Car Nicolas ne se résume pas à son handicap, il a – comme chaque être humain – son histoire, avec ses joies et ses blessures, mais aussi des projets, des rêves...

Finalement, la « différence » est-elle si importante ? Comme le dit Antoine de Saint-Exupéry : « Celui qui diffère de moi, loin de me léser, m'enrichit ».

En cette année du cinquantenaire de Perce-Neige, nous sommes particulièrement heureux d'être partenaires de la collection Grand Angle avec ce très bel album et souhaitons sincèrement qu'il contribue à faire évoluer le regard porté sur les personnes en situation de handicap.

Christophe Lasserre-Ventura,
Président de Perce-Neige

Créée par Lino Ventura en 1966, la Fondation Perce-Neige œuvre en faveur des personnes handicapées et de leurs familles. Son action est guidée par une préoccupation majeure : rechercher des solutions d'accueil et d'accompagnement concrètes et adaptées pour les personnes touchées par une déficience mentale, un handicap physique ou psychique.

Perce Neige

Fondation Perce-Neige
102 bis, Boulevard Saint-Denis
92 415 Courbevoie Cedex
www.perce-neige.org
Tel : 01 47 17 19 30

Leur bonheur est notre récompense
Lino Ventura

TÛT TÛT TÛT TÛT
BRRRRRRRR
MMMFH.. OUI ALLÔ...
C'EST L'HEURE DU MUEZZIN ?...
OU C'EST...
C'EST L'APOCALYPSE !
FAUT PAS RESTER LÀ, M'SIEUR ! ON ENLÈVE LA CABINE !

NOTRE CABINE TÉLÉPHONIQUE ? NOUS L'ENLEVER ?!
MAIS VOUS POUVEZ PAS FAIRE ÇA ! C'EST LA DERNIÈRE DE PARIS !
BEN OUI, JUSTEMENT... ON A ENLEVÉ TOUTES LES AUTRES, MAINTENANT, FAUT QU'ON ENLÈVE CELLE-LÀ !
À CAUSE DU DANGER QU'ELLE PEUT PRÉSENTER POUR LES USAGERS...
DANGER ? MAIS QUEL DANGER ?! MAINTENANT, Y Z'ONT TOUS DES TÉLÉPHONES RAPPORTABLES ! PLUS PERSONNE L'UTILISE, CETTE CABINE !
BEN C'EST POUR ÇA AUSSI QU'ON DOIT L'ENLEVER...
IMPOSSIBLE !
C'EST UN LIEU SAINT ! REGARDEZ...
UNE VIERGE MARIE, UNE KAABA DE LA MECQUE ET UNE MENORAH DE JÉRUSALEM !...
C'EST BON POUR MOI !
SCHLING !
MAIS AMÉDÉE ! DIS QUELQUE CHOSE !

OH ! LES BYZANTINS, LÀ !...
VOUS POUVEZ PAS DÉPLACER NOS TROIS PROPHÈTES COMME ÇA !
A... ALORS COMME ÇA, VOUS PRIEZ LES TROIS RELIGIONS ? C'EST POSSIBLE, ÇA ?
C'EST MON POTE, PRIE-DIEU ! JUIF PAR SON PÈRE, ARABE PAR SA MÈRE ET NÉ À LOURDES ! TU CROIS QU'IL A LE CHOIX ?
LE SOUCI, C'EST QUE CETTE CABINE EST PROPRIÉTÉ DES TÉLÉCOMS, ET QU'ON DOIT LA RÉCUPÉRER...
BON...
DANS CE CAS, ON VA CONVOQUER LES FORCES DES TÉNÈBRES...
OH ! LA MERGUEZ ! VIENS VOIR !
Y A DES MESSIEURS QU'EN VEULENT À NOTRE CABINE DE CULTE !
RAAAAH !
TOC TOC !
AH OUI HEIN ! ÇA FAIT TOUJOURS ÇA, LA PREMIÈRE FOIS !
LES GRANDS BRÛLÉS, ON S'Y HABITUE ! MAIS À UN SHORT D'AUSSI MAUVAIS GOÛT, JAMAIS ! UN IMPRIMÉ LÉOPARD COMME ÇA, MÊME AU CONGO Y EN A PLUS !
RICARD
ON PEUT PAS ENLEVER LA CABINE. C'EST SUR SOL VAUDOU.

ÉCOUTEZ, NOUS, ON VEUT PAS D'ENNUIS... ON VEUT JUSTE QUE VOUS VIDIEZ LA CABINE POUR QU'ON PUISSE LA PRENDRE, SINON...
SINON QUOI ?
PRIE-DIEU, L'AMÉDÉE ET LA MERGUEZ !
LE TIERCÉ DES CLODETTES DANS L'ORDRE !
PURÉE ! CLÉMENCEAU ET SA CLIQUE !
C'EST LA PREMIÈRE FOIS EN TRENTE ANS DE PAVÉ QUE JE VOUS VOIS DÉBOULER AUSSI VITE ! D'HABITUDE, FAUT ATTENDRE LA FIN DE LA TRÊVE HIVERNALE POUR VOIR DU KÉPI...
JUSTEMENT, ON EST LÀ POUR LA TRÊVE ESTIVALE !
LES TOURISTES AIMENT FLÂNER AUPRÈS DES VIEILLES BERGES, PAS AUPRÈS DES VIEILLES CLOCHES !
ALLEZ LES PARIGOTS ! VOUS VOULEZ PAS PRENDRE DES VACANCES LOIN DE LA POLLUTION ?
TU VAS PAS NOUS DÉLOCALISER À PARIS-PLAGE, QUAND MÊME ?...
AH NON, C'EST PAS CE LITTORAL-LÀ QU'ON AVAIT EN TÊTE ! DERRIÈRE MOI, Y A UN BUS QUI DESCEND VERS LE SUD ET SES DÉLICES...
SI VOUS VOULEZ BIEN MONTER DEDANS, MES ALTESSES ?
T'ENTENDS ÇA, LA MERGUEZ ? TU VEUX Y ALLER, TE FAIRE DORER AU TOUQUET, TOI ?
J'PEUX PAS, L'AIR IODÉ, ÇA M'IRRITE...
ALLEZ, GROUILLEZ-VOUS ! Y A DÉJÀ DES COPINES QUI VOUS ATTENDENT...
HEIN ?! MAIS...

TOURNEVIS ! LA CASQUETTE ! ME DITES PAS QUE VOUS AVEZ CÉDÉ AUX SIRÈNES DU TOUQUET ?!
BAH... C'EST QUE J'AI JAMAIS VU LA MER, AMÉDÉE !...
ET MOI, J'AI DES RHUMATISMES... IL PARAIT QUE LE SABLE, C'EST BON POUR LES RHUMATISMES...
Y A DES PUNKS À CHIEN, LÀ-DEDANS...
ET PIS DE TOUTE FAÇON, J'PEUX PAS PARTIR EN VACANCES...
ÇA FERAIT CHUTER MON RENDEMENT...
POLICE
QUEL RENDEMENT ?
MON QUOTA DE "J'EMMERDE LES FLICS" !
DIS DONC, AMÉDÉE !
SI T'ES MALPOLI, CE SERA PLUTÔT LE FORFAIT BÉTON ARMÉ ET PROMENADE HORAIRE !
BLONK !
ET SI ON REFUSE D'Y MONTER, DANS TON CARGO ? CAUSE QU'ON A LE MAL DE MER... TU PEUX PAS NOUS FORCER !
NON, MAIS JE PEUX T'ARRÊTER POUR VAGABONDAGE, VU QUE T'AS NI PAPIERS NI ADRESSE...
ARRÊTEZ TOUT !
POLICE
5

MONSIEUR JEAN-PIERRE ROUSSEAU ? HHHHHHH,,,..
HEIN ?! BEUH... QU'EST-CE QUE VOUS LUI VOULEZ, À JIPÉ ?
HUBERT TROIGNEAU, NOTAIRE ! HHHHHHH,,,.. JE CROYAIS BIEN NE JAMAIS VOUS TROUVER !
VOUS VENEZ D'HÉRITER DE MADAME ADÉLAÏDE FRICHET, VOTRE TANTE...
TATA ADÉLAÏDE ? AH BEN ÇA ALORS ! J'CROYAIS QU'ELLE ÉTAIT CALANCHÉE DEPUIS LONGTEMPS !
ET QU'EST-CE QU'ELLE ME DONNE, MA TATA ?
RIEN, SI NOUS NE SOMMES PAS À PONTOISE DANS MOINS DE QUINZE MINUTES !
MAIS C'EST QUE JE SUIS PAS TOUT SEUL !
J'AI MA FAMILLE AVEC MOI... ET ON EST CHARGÉS !
C'EST PAS GRAVE, ON VA SE SERRER ! VENEZ !
SUZE
?!
VROOOAAAaaaaaa

TRENTE MILLE À MA GAUCHE...
QUARANTE MILLE À MA DROITE...
QUARANTE MILLE ?
QUARANTE MILLE ?
UNE FOIS...
DEUX FOIS...
ADJU...
AAARRRH !!
PAK !
CE... CETTE VENTE EST ANNULÉE !
AÏEAÏEAÏE...
OOOOOOOHH...
DIS DONC, TROIGNEAU ! DE QUEL DROIT...
J'AI L'HÉRITIER AVEC MOI !
TU VOIS, DUGOMMIER ! JE TE L'AVAIS DIT QUE J'Y ARRIVERAIS ! TU PEUX DIRE ADIEU À TA VENTE SAUVAGE ! IL Y A DES RÈGLES À RESPECTER, DANS LE MÉTIER !
ET QU'EST-CE QUI ME PROUVE QUE C'EST BIEN L'HÉRITIER ?
CECI !
COMMISSARIAT PARIS XXe
HMMMM... ÉTAT D'ÉBRIÉTÉ AVANCÉ, DÉGRADATION DE MATÉRIEL PUBLIC...
JOLI PALMARÈS !
SI ON PEUT PLUS PISSER CONTRE UN ABRIBUS, MAINTENANT...
C'EST UNE PREUVE D'IDENTITÉ, PAS DE CULPABILITÉ !
AVEC ÇA, TU PEUX REMBALLER TES DOSSIERS ! ON NE TE RETIENT PAS, DUGOMMIER...
JE FERAI UNE DEMANDE D'AUTHENTI-FICATION !
L'AFFAIRE N'EST PAS CLOSE, TROIGNEAU !

ON A GAGNÉ CETTE MANCHE, MONSIEUR ROUSSEAU. MAIS JE CONNAIS DUGOMMIER, IL N'EN RESTERA PAS LÀ, CROYEZ-MOI...
DANS LE MÉTIER, ON LE SURNOMME « LE REQUIN » ! QUAND IL TIENT SA PROIE, IL L'EMMÈNE AU FOND !
OUAIS, OUAIS.
BON. ET DU COUP ELLE M'A LÉGUÉ QUOI, MA TATA ?
ÇA !
SALON...
SALLE À MANGER...
CUISINE ET DÉBARRAS...
TROIS CHAMBRES À L'ÉTAGE...
PETIT GARAGE ET JARDINET À L'ANGLAISE !
ALORS, QU'EN DITES-VOUS ?
À BÊTE DONNÉE, ON NE REGARDE PAS LES DENTS...
... CE QUI VEUT DIRE ?
ON EMMÉNAGE !
TRÈS BIEN, SIGNEZ LÀ !
ACTE DE VENTE IMMOBILIÈRE
'TTENDEZ VOIR... Y A QUOI, DERRIÈRE TOUT ÇA ?
DES DETTES PHARAONIQUES ? UN TRACÉ D'AUTOROUTE PRÉVU DANS LE SALON ?
UN CHIEN À S'OCCUPER SINON ON N'HÉRITE PAS ?
UN... UN CHIEN ? EUH... NON, PAS UN CHIEN...

CRRR... JE VOIS LA TERRE, LA VISIBILITÉ EST BONNE, JE VOUS ENTENDS PARFAITEMENT ! CRRR... LE VOL SE POURSUIT NORMALEMENT... JE VOIS LA TERRE...
ON PEUT TOUT VOIR, C'EST MAGNIFIQUE ! QUELLE BEAUTÉ ! CERTAINS POINTS DU CIEL SONT COUVERTS DE CUMULUS... CRRR...
« JE ME SENS BIEN, LE MORAL EST BON, JE POURSUIS LE VOL. TOUT VA BIEN !... »
JE VOUS PRÉSENTE NICOLAS, LE FILS DE VOTRE TANTE...
IL... IL EST... COMMENT DIRE...
CE QUE VOUS VENEZ D'ENTENDRE, CE SONT LES PREMIERS MOTS JAMAIS PRONONCÉS PAR L'HOMME DANS L'ESPACE.
TRISOMIQUE, OUI...
LE 12 AVRIL 1961, LE COSMONAUTE RUSSE YOURI GAGARINE DÉCOLLE DE LA BASE DE BAÏKONOUR EN URSS...
DU COUP, C'EST SON COUSIN ?
NON, PLUTÔT SON ONCLE...
OH LÀ ! POUR L'INSTANT, CHUIS RIEN DU TOUT, MOI !
IL A TOUTE SA TÊTE ?
ELLE EST SUR SES ÉPAULES, NON ?
108 MINUTES !

EUH... QUOI ?
108 MINUTES, C'EST LE TEMPS QUE GAGARINE EST RESTÉ AUTOUR DE LA TERRE... TU PEUX FAIRE ÇA, TOI ?
DIX SECONDES SUR UNE JAMBE, C'EST DÉJÀ UN EXPLOIT POUR LUI ! ALORS 108 MINUTES, J'T'EXPLIQUE PAS !
HÉ, HÉ !
BON, ÇA VA, OUI ?
CHAMBRES
REFECTOIRE
SALONS
MOI, LE PLUS LONGTEMPS QUE CHUIS RESTÉ DANS L'INCONNU, C'EST APRÈS MON INCENDIE... QUATRE JOURS DE COMA... ET J'AI PAS VU LA VOIE LACTÉE !
HÉ OH ! ON PEUT AVOIR UNE CONVERSATION NORMALE ?!
QUATRE JOURS, C'EST 5 760 MINUTES.
T'ES UNE VRAIE CALCULETTE, TOI !
OUI MAIS UNE SOLAIRE, COMME ÇA J'AI PAS BESOIN DE PILES !
ET T'AS RÉPONSE À TOUT, TOUT LE TEMPS ?
ÇA DÉPEND DES QUESTIONS. QUAND ÇA M'INTÉRESSE, OUI...
ET QU'EST-CE QUI T'INTÉRESSE ?
YOURI GAGARINE !
ME DITES PAS QU'IL FAUT QUE JE RAMÈNE CE GARS-LÀ À LA MAISON POUR TOUCHER L'HÉRITAGE ?!!
AH ! L'UN NE VA PAS SANS L'AUTRE.
SELON LA VOLONTÉ DE MADAME FRICHET, JE VAIS ÉTABLIR UNE PROCÉDURE DE TUTELLE, AVEC NICOLAS POUR BÉNÉFICIAIRE...
DANS UN PREMIER TEMPS, VOUS SEREZ SOUMIS, SOUS CONTRÔLE D'UN JUGE, À UNE ÉVALUATION SUR VOTRE CAPACITÉ À VOUS OCCUPER DE LUI...

SACHANT QUE, VU SON HANDICAP, NICOLAS A BESOIN D'UN CADRE DE VIE CALME ET ÉQUILIBRÉ...
... ET QU'IL NE DOIT ÊTRE SOUMIS À AUCUNE ÉMOTION FORTE OU DÉSTABILISANTE...
J'INSISTE SUR CE FAIT, MONSIEUR ROUSSEAU ! CAR SI CELA VENAIT À NE PAS ÊTRE RESPECTÉ, VOUS PERDRIEZ IMMÉDIATEMENT VOS DROITS SUR LA SUCCESSION ET DONC SUR LA PROPRIÉTÉ DU PAVILLON.
CLIC !
HÉ !
C'ÉTAIT PAS FINI, GAGARINE !
C'EST L'HEURE DE DRUCKER SUR LA DEUX !
MAIS C'ÉTAIT PAS FINI !
Y AVAIT LE MOMENT OÙ IL DESCEND DE L'AVION ET QU'IL VA EMBRASSER LES DIRIGEANTS RUSSES ET APRÈS IL DIT...
AH ! OUI ! DRUCKER ! ÇA C'EST BIEN !
MOI J'ADORE ! J'EN LOUPE PAS UN !
IL VIEILLIT PAS HEIN, C'EST INCROYABLE, ON SE DEMANDE COMMENT IL FAIT !
ET SA CHIENNE !
COMME J'AI ÉTÉ TRISTE QUAND ELLE EST MORTE...
OUI MAIS ÇA A FAIT UNE BELLE ÉMISSION SPÉCIALE EN TOUT CAS, AVEC BRIGITTE BARDOT ET TOUT !
IL DIT : « C'EST BON DE RENTRER À LA MAISON »...
BIENVENUE SUR FRANCE 2 POUR CE « VIVEMENT DIMANCHE » CONSACRÉ À ENRICO MACIAS...
BON ALORS ? VOUS DÉCIDEZ QUOI ?

TU CROIS QUE J'AI BIEN FAIT DE SIGNER, PRIE-DIEU ?
UNE MAISON, AMÉDÉE ! UNE MAISON !
FINIE LA VIE SOUS LES PONTS ! ET ON S'LA PÈTE EN TAXI !
Les Pinsons
CENTRE D'ACCUEIL
ET PIS TON NOUVEAU NEVEU, IL A PAS L'AIR ÉNERVÉ ! IL EST DANS LES NUAGES EN PERMANENCE ! REGARDE, IL DORT DÉJÀ... ÇA VA PAS ÊTRE UNE GROSSE CHARGE À S'OCCUPER ! C'EST LA MEILLEURE CHOSE QUI NOUS SOIT ARRIVÉE DEPUIS VATICAN II !
ÇA VA, IL A PAS L'AIR TROP ZINZIN, VOTRE COPAIN ?
ON SAIT PAS, ON VIENT DE L'ADOPTER...
AH, MAIS J'ME MOQUE PAS, HEIN !
MOI J'ADORE CES TYPES-LÀ ! LA SOEUR DE MON BEAU-FRÈRE, ELLE A UN MONGOLIEN... TOUJOURS LE SOURIRE, À RIGOLER POUR TOUT ET RIEN... ÉPATANT ! DÈS QUE J'LE VOIS, J'AI ENVIE D'ME MARRER !
PHILIPS
PENDANT LES REPAS DE FAMILLE, IL FAIT UN TRUC TORDANT ! IL SAIT NI LIRE NI COMPTER, HEIN ! IL PIGE RIEN À TOUT ÇA...
MAIS QUAND TU LUI OUVRES UNE BOÎTE DE CHOCOLATS, IL EST CAPABLE DE TE DIRE COMBIEN IL EN VEUT EN TAPANT AVEC SA MAIN SUR LA TABLE !
HAHA !!
FAUT VOIR ÇA ! ET IL TAPE TANT QU'IL A PAS FINI TOUTE LA BOÎTE !
BON, APRÈS, C'EST SOUVENT LA CRISE DE FOIE, HEIN...
MAIS QU'EST-CE QU'IL PEUT NOUS FAIRE RIGOLER !
ET LE VÔTRE ? IL EST PAREIL ? IL SAIT FAIRE DES TRUCS ?
OUI, IL VIENT DE PASSER SON DIPLÔME DE CHAUFFEUR DE TAXI !
PREMIER DE SA PROMO ! MAIS IL A ENCORE DU MAL, QUAND IL S'AGIT DE RENDRE CORRECTEMENT LA MONNAIE...
MAIS C'EST COURANT DANS VOTRE PROFESSION... NON ?

BLING!
BING!
KLANG!
BING!
BING!
'LUT LES GARS...
'LUT...
C'EST QUOI, CE RAFFUT ?
SAIS PAS...
BLING!
KLANG!
BING!
BING!
SI, C'EST LE PETIT !
IL S'EST ENFERMÉ AU GARAGE DEPUIS CE MATIN !
PSCHHHUT!
MAIS... MAIS QU'EST-CE QU'IL FOUT LÀ-DEDANS ?!
CRRRRR...
« À MES CHERS AMIS CONNUS ET INCONNUS... »
POF
POF
« À MES CHERS COMPATRIOTES...
ET À TOUS LES PEUPLES DU MONDE !... »
« DANS LES PROCHAINES MINUTES, UN PUISSANT VAISSEAU SPATIAL VA M'EMPORTER VERS LES CONFINS DE L'UNIVERS... »
« QUE PUIS-JE VOUS DIRE AVANT LE DÉPART ? »
CCCP
« TOUTE MA VIE APPARAIT MAINTENANT COMME UN SEUL MOMENT MAGNIFIQUE ! »
« TOUT CE QUE J'AI FAIT ET VÉCU A ÉTÉ FAIT ET VÉCU POUR CE MOMENT ! »

MMMMH... ARAGON ?
SAINT JEAN-BAPTISTE ?
LÉOPOLD SÉDAR SENGHOR ?
MAIS NON ! YOURI GAGARINE !
CCCP
FORCÉMENT ! QU'ON EST CONS ! JUSTE AVANT DE MONTER DANS SON SOYOUZ, IL LANCE UN APPEL AUX PEUPLES DU MONDE !
JE SENS QU'ON VA PAS S'ENNUYER, AVEC CET ASTRONAUTE-LÀ...
NON !
C'EST LES AMÉRICAINS LES ASTRONAUTES ! MOI CHUIS RUSSE ! ON DIT COSMONAUTE !
OH, TE FÂCHE PAS, BREJNEV...
PRIE-DIEU DISAIT JUSTE QUE SI ON VEUT VIVRE ENSEMBLE, VA FALLOIR METTRE LA PÉDALE DOUCE SUR LES ALUNISSAGES...
CCCP
C'EST MOI QUI L'AI FAIT PRESQUE TOUT SEUL, MON COSTUME...
MAMAN M'A AIDÉ POUR LE CASQUE, MAIS LE RESTE C'EST MOI TOUT SEUL !
L'EST USÉ AUX COUDES, TON SCAPHANDRE, YOURI...
AH, MINCE !
MAMAN ?
CCCP
NICOLAS FRICHET
MAMAN ?
J'AI DÉCHIRÉ MON COSTUME !
FAUT QUE TU ME LE RECOUSES !
?!
OH PUTAIN... ILS LUI ONT RIEN DIT, À L'HOSPICE...
J'LA TROUVE PAS...
CCCP
ELLE EST OÙ ?
14

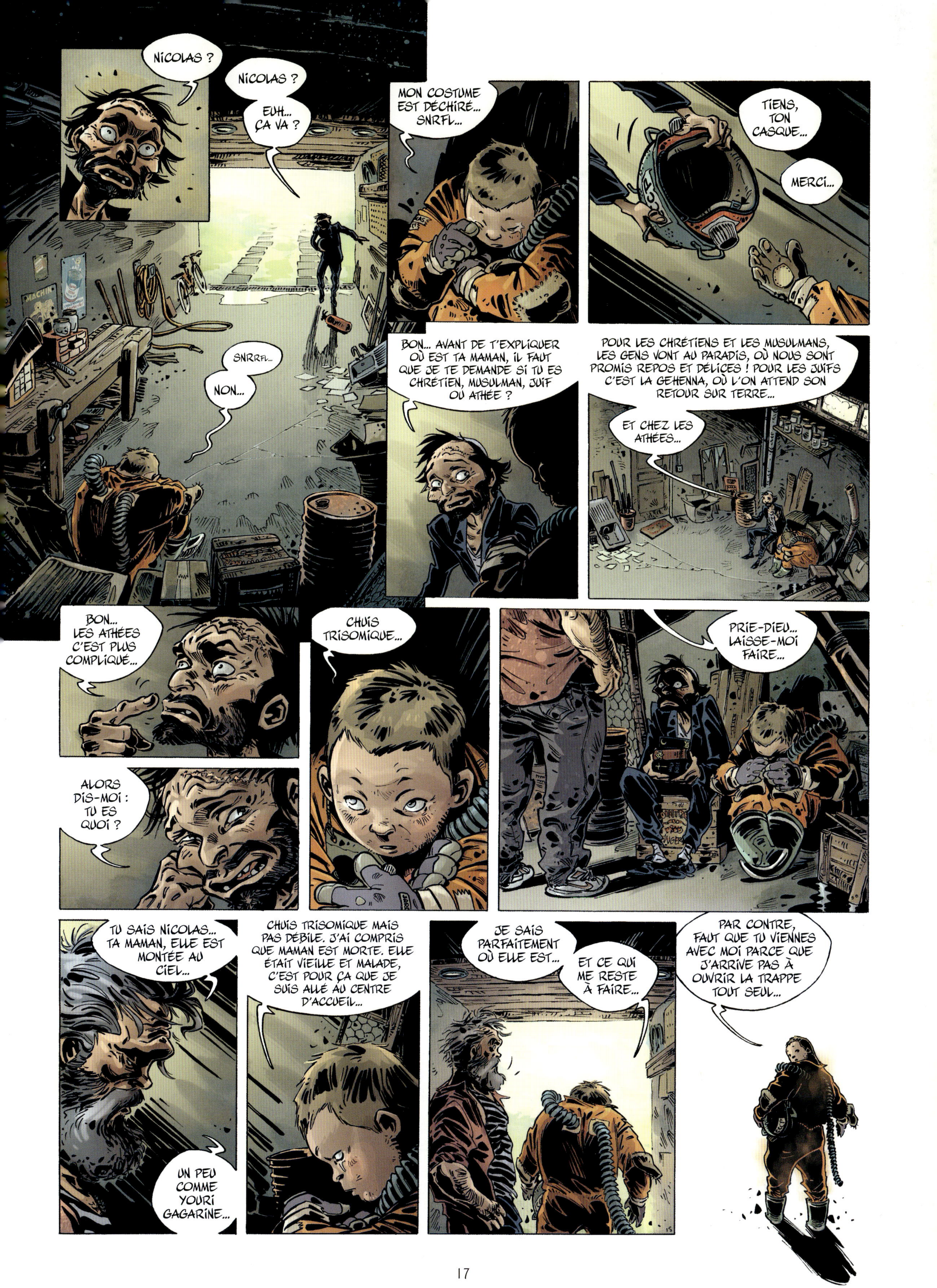
NICOLAS ?
NICOLAS ?
EUH... ÇA VA ?
SNRRFL...
NON...
MON COSTUME EST DÉCHIRÉ... SNRFL...
TIENS, TON CASQUE...
MERCI...
BON... AVANT DE T'EXPLIQUER OÙ EST TA MAMAN, IL FAUT QUE JE TE DEMANDE SI TU ES CHRÉTIEN, MUSULMAN, JUIF OU ATHÉE ?
POUR LES CHRÉTIENS ET LES MUSULMANS, LES GENS VONT AU PARADIS, OÙ NOUS SONT PROMIS REPOS ET DÉLICES ! POUR LES JUIFS C'EST LA GEHENNA, OÙ L'ON ATTEND SON RETOUR SUR TERRE...
ET CHEZ LES ATHÉES...
BON... LES ATHÉES C'EST PLUS COMPLIQUÉ...
ALORS DIS-MOI : TU ES QUOI ?
CHUIS TRISOMIQUE...
PRIE-DIEU... LAISSE-MOI FAIRE...
TU SAIS NICOLAS... TA MAMAN, ELLE EST MONTÉE AU CIEL...
UN PEU COMME YOURI GAGARINE...
CHUIS TRISOMIQUE MAIS PAS DÉBILE. J'AI COMPRIS QUE MAMAN EST MORTE. ELLE ÉTAIT VIEILLE ET MALADE, C'EST POUR ÇA QUE JE SUIS ALLÉ AU CENTRE D'ACCUEIL...
JE SAIS PARFAITEMENT OÙ ELLE EST...
ET CE QUI ME RESTE À FAIRE...
PAR CONTRE, FAUT QUE TU VIENNES AVEC MOI PARCE QUE J'ARRIVE PAS À OUVRIR LA TRAPPE TOUT SEUL...

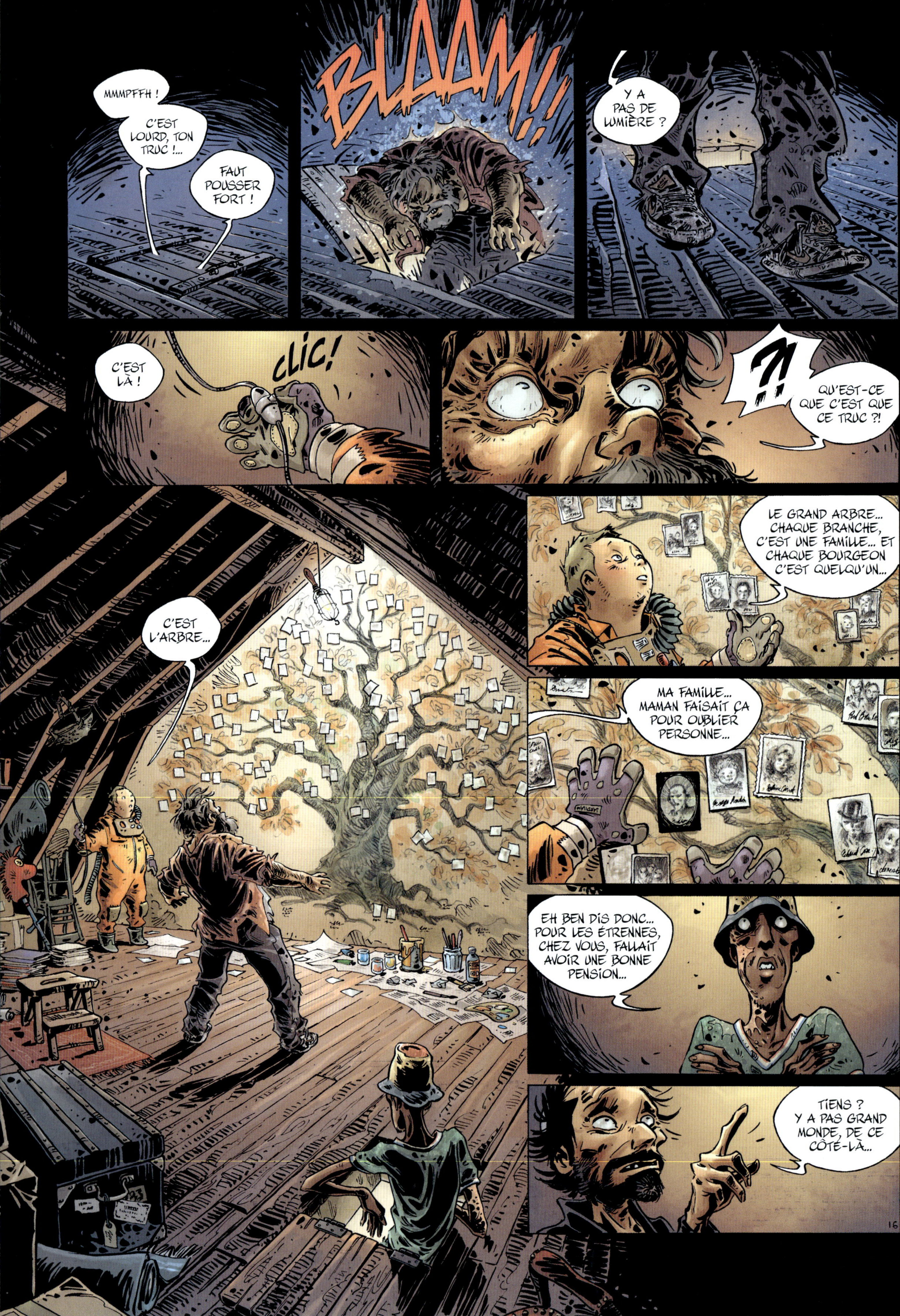
MMMPFFH !
C'EST LOURD, TON TRUC !...
FAUT POUSSER FORT !
BLAAM!!
Y A PAS DE LUMIÈRE ?
C'EST LÀ !
CLIC!
?!
QU'EST-CE QUE C'EST QUE CE TRUC ?!
C'EST L'ARBRE...
LE GRAND ARBRE... CHAQUE BRANCHE, C'EST UNE FAMILLE... ET CHAQUE BOURGEON C'EST QUELQU'UN...
MA FAMILLE... MAMAN FAISAIT ÇA POUR OUBLIER PERSONNE...
EH BEN DIS DONC... POUR LES ÉTRENNES, CHEZ VOUS, FALLAIT AVOIR UNE BONNE PENSION...
TIENS ? Y A PAS GRAND MONDE, DE CE CÔTÉ-LÀ...

BEN C'EST QU'À PART MOI, MAMAN A PAS EU D'ENFANT...
ET VU QUE MOI J'EN AURAI PAS...
NICOLAS FRICHET
OH, POURQUOI ?
POUR PAS LEUR DONNER MA TRISOMIE...
DU COUP, NOTRE BRANCHE, ELLE EST CASSÉE...
ELLE POUSSERA PLUS...
ALLONS, FAUT PAS DIRE ÇA ! TU PEUX AUSSI RAJOUTER LES AMIS !
BEN J'EN AI PAS... PERSONNE VEUT ÊTRE MON COPAIN...
OH, C'EST PAS VRAI, ÇA ! ON A TOUJOURS DES AMIS ! REGARDE : AMÉDÉE ET MOI, ON POUVAIT PAS S'ENCADRER EN VAN GOGH !
BEN UN JOUR, AU VIOLON, ON EST DEVENUS AMIS !
HÉ OH ! JE T'AI SAUVÉ LA MISE, SURTOUT !
DE QUOI ?!
DANS LA CAGE À POULETS, Y AVAIT LE GROS GÉGÉ QUI VOULAIT TE RÉCURER LE SAINT-SUAIRE, TOUT DE MÊME !
QUOI ?!
C'EST MOI QUI L'AI ALLUMÉ, LE GÉGÉ ! PASQU'IL TE DÉCOUPAIT LES OREILLES À SEC !
AVEC TA CARRURE DE HARENG ET TA POIGNE DE DENTELLIÈRE DE CALAIS ?!
ET VOUS, M'SIEUR MERGUEZ...
COMMENT VOUS ÊTES DEVENUS COPAINS ENSEMBLE, AVEC EUX DEUX ?
ILS M'ONT SORTI D'UN IMMEUBLE EN FLAMMES...
À CAUSE D'UNE CIGARETTE QUI ÉTAIT TOMBÉE AMOUREUSE D'UN MATELAS...
ÇA M'A DONNÉ MON SURNOM, ET DES COPAINS POUR LA VIE...
AYATOLLAH DÉFROQUÉ !
VIEILLE BALEINE !
DERVICHE À TOURNE-DISQUE !
LAMANTIN ÉCHOUÉ !
MAIS DIS-MOI... SI C'EST TON ARBRE DE FAMILLE, OÙ EST-CE QU'IL EST, AMÉDÉE ?
RICARD

OÙ TE CACHES-TU, AMÉDÉE ?...
SUR QUELLE BRANCHE TU BOURGEONNES ?
JE VOUDRAIS VOIR TA TRONCHE JEUNE...
ARRÊTEZ VOS CONNERIES...
IL EST LÀ...
HEIN?
MAIS... T'ES EN COSTUME DE FLIC ?!
T'AS ÉTÉ FLIC ?
AMÉDÉE, L'ALLERGIQUE AUX CHAUSSETTES À CLOUS, T'AS PORTÉ LA CASQUETTE À LISERÉ BLANC DE LA RÉPUBLIQUE ?!
CÔT CÔT CÔT ! AMÉDÉE L'POULET !
CÔT CÔÔT !
DONNE-MOI ÇA !
QUAND J'PENSE QUE ÇA FAIT VINGT ANS QUE TU NOUS FAIS LA LEÇON !
HAHA !
HÉ ! VIENS VOIR ! Y AVAIT UNE POULE ET DES PETITS POULETS, AUSSI !
HÉHÉE !
« SYLVIE » ET « CLÉMENT »... CLÉMENT ! C'EST BIEN UN NOM DE FILS DE FLIC, ÇA !
BARREZ-VOUS D'ICI OU JE VOUS DÉFOURAILLE À BLANC !
SPLAK
ÇA VA, C'EST BON, PINOT SIMPLE FLIC ! T'ES PLUS EN SERVICE...
BARREZ-VOOOOOUS !
18

IL EST TRÈS FÂCHÉ ?...
FÂCHÉ, JE SAIS PAS... MAIS CON, OUI !
DIS DONC, JE ME DISAIS...
SI LE PETIT A PAS EU DE VEILLÉE FUNÈBRE POUR SA MÈRE, ON POURRAIT P'T-ÊTRE LUI EN FAIRE UNE À NOTRE FAÇON, NON ?...
BOMBOM...

MAIS QU'EST-CE QUE C'EST QUE CE BORDEL ?!
VOUS ÊTES MALADES OU QUOI ?! ARRÊTEZ-MOI CE BOUCAN !
AMÉDÉE ! ÇA FAIT PLAISIR DE TE VOIR ! ON CROYAIT QUE TU REDESCENDRAIS JAMAIS DE TON GRENIER !
VOUS AVEZ PAS ENTENDU CE QUE LE NOTAIRE A DIT ?! SI ON NOUS VOIT EN PLEINE BAMBOULA AVEC LE MÔME, ON PERD LA MAISON ILLICO !
HÉ... TU VAS PAS FAIRE UNE JAUNISSE POUR TROIS DJEMBÉS !
C'EST PAS LES DJEMBÉS QUI M'EMMERDENT ! C'EST LES GARS QUI TAPENT DESSUS !
ET SI LES VOISINS NOUS BALANÇAIENT AU JUGE, HEIN ?
ON SERAIT BONS POUR SE RETROUVER SUR LES QUAIS DE SEI...
MERCI M'SIEUR AMÉDÉE !
BLAFF !!
MERCI POUR LA FÊTE ! ON DIRAIT CELLE POUR LE DÉPART DE GAGARINE DANS L'ESPACE, MAIS EN MIEUX !
EN PLUS, J'AI APPRIS À JOUER DU DJEMBÉ ! VOUS VOULEZ VOIR ?
EUH... OK, MAIS...
FAIS ATTENTION À PAS TE TAPER SUR LES DOIGTS, HEIN !
ET DIS-LEUR DE BAISSER UN PEU LE VOLUME, AUX TAMBOURS DU BURUNDI !
ÇA VA !
JE ME SENS BIEN, LE MORAL EST BON, JE POURSUIS LE VOL, TOUT VA BIEN !
BOMBOMBOM
J'CROIS QU'IL T'AIME BIEN, CE GOSSE !...

DIS DONC... SI C'EST PAS UN RADIO-CROCHET, VOTRE TINTAMARRE, C'EST QUOI ?
UN ACCOMPAGNEMENT FUNÈBRE...
C'EST POUR LE PETIT... CE SOIR C'EST CÉRÉMONIE VAUDOU, DEMAIN KADDISH JUIF, APRÈS-DEMAIN...
ET C'EST REPARTI POUR UNE SEMAINE SAINTE...
MAIS...?
PSSSSSSS...
MAIS QU'EST-CE QUE C'EST QUE ÇA ?!
LULUBELLE ! VIENS ICI !
SBAF !
KAÏ
EXCUSE-LA, AMÉDÉE... C'EST QU'ELLE EST CONTENTE DE TE VOIR !
MONIQUE ?! MOI AUSSI CHUIS CONTENT DE TE VOIR !... C'EST PAS POUR AUTANT QUE JE TE PISSE SUR LES GODASSES !
ON M'A DIT QUE T'ÉTAIS DEVENU PROPRIÉTAIRE... ALORS ON EST VENUS VOIR SI TU POUVAIS NOUS FAIRE VISITER !
« ON » ?...
C'EST QUI, « ON » ?
AMÉDÉE !
EH BEN SI ON M'AVAIT DIT ÇA ! TOI, LE COMMUNISTE CONVAINCU, L'ANTI-PROPRIÉTÉ PRIVÉE... À LA TÊTE D'UNE BICOQUE DE PETIT-BOURGEOIS !
NO FUTURE !
HÉ ! HEUREUSEMENT QUE LE RIDEAU DE FER EST TOMBÉ ! SINON, CE SOIR ON L'AVAIT SUR LES PIEDS !
HAHA !
TIENS, ON T'A RAMENÉ DE L'ÉTOILÉ !
JE BOIS PAS, BERNARD... TU LE SAIS TRÈS BIEN...
PLASTIC BERNARD !

MONIQUE ! T'ÉTAIS OBLIGÉE DE LE RAMENER, TON PUNK BELGE ?! UN PUNK À CHIEN SANS CHIEN ?
OUWOUWOU-WOUUUU !... ÇA PLANE POUR MOI !
BEN...
C'EST MON HOMME, QUAND MÊME...
IL EST PLUS PAREIL, DEPUIS QUE SON CHIEN EST MORT...
C'EST CE QU'IL AVAIT DE MIEUX À FAIRE...
HEIN ?!
QUAND ON A UN MAÎTRE PAREIL, VAUT MIEUX TRÉPASSER...
PLANE POUR MOI-AAAA...
PLOP!
MAIS...
BLOP BLOP BLOP
LA MERGUEZ ? QU'EST-CE QUE TU FAIS AVEC DU KETCHUP ?
C'EST VAUDOU, LE KETCHUP ?
TU PRÉFÈRES QUE J'ÉGORGE UN PIGEON ?
NOUS PLEURONS TON DÉPART, MAMAN ADÉLAÏDE !
DU KETCHUP... ET IL A BESOIN D'ÊTRE À POIL ?
C'EST POUR MIEUX COMMUNIER !
ET TU PRENDS L'HOSTIE EN SLIP, TOI ? NON ? BEN ALORS !
NOUS BUVONS POUR T'ACCOMPAGNER DANS TON GRAND VOYAGE...

AH NON ! MOI, JE BOIS PAS ! C'EST DÉGUEU !
ALLEZ, QUOI... C'EST PAS TOUS LES JOURS QUE T'ENTERRERAS TA TATA...
GLOUP GLOUP GLOUP...
EUUURGH ! J'COMPRENDS PAS COMMENT ON PEUT ÊTRE ALCOOLIQUE !
C'EST COMME CON : TU FINIS PAR PLUS T'EN APERCEVOIR... ET C'EST LÀ QUE TU L'ES !
MAMAN ADÉLAÏDE ! TON FILS NICOLAS EST LÀ CE SOIR POUR TE DIRE AU REVOIR !
EUH... COUCOU MAMAN ?...
ILS L'ONT PAS FAIT BOIRE, QUAND MÊME ?!
DÉJÀ QU'IL EST UN PEU SUR LA JANTE, ALORS AVEC UN COUP DERRIÈRE LA CRAVATE... ON POURRA PLUS L'EMPÊCHER DE SAUTER DANS UN SOYOUZ !
JE SUIS PLUS AU CENTRE D'ACCUEIL, JE SUIS REVENU À LA MAISON, EUH... J'AI DÉCHIRÉ MON COSTUME MAIS J'L'AI PAS FAIT EXPRÈS...
JE RANGERAI MA CHAMBRE PLUS SOUVENT...
J'AURAIS BIEN VOULU TE DIRE AU REVOIR, MAIS T'ÉTAIS PAS LÀ...
J'AI TROUVÉ DES NOUVEAUX COPAINS...
SURTOUT M'SIEUR AMÉDÉE QUI M'A FAIT UNE BELLE FÊTE...
OUH LÀ ! IL VA NOUS DÉCLENCHER LES GRANDES EAUX, LE SPOUTNIK !
VOILÀ...
ET PUIS, J'ESPÈRE SURTOUT QUE C'EST PAS À CAUSE DE MOI QUE T'ES MORTE...
VU QUE TU DISAIS TOUT LE TEMPS : « AH, IL ME TUERA, CE GAMIN-LÀ... »

HUM... MERCI, NICOLAS... JE SUIS SÛR QUE TA MAMAN T'A ENTENDU 5 SUR 5 ! SNIRRFH... ET MAINTENANT, ON VA ÉGAYER UN PEU LA SOIRÉE !
ALLEZ ! C'EST PARTI POUR LE FLICONYME !
LE QUOI ?
TU CONNAIS PAS ?
CHACUN SON TOUR, ON TROUVE UN SYNONYME DU MOT FLIC. LE DERNIER A GAGNÉ !
POULET !
COGNE !
KEUF !
POULAGA !
LARDU !
PERDREAU !
ARGOUSIN !
ET ALORS ?
C'EST TOUT ?
BEN...
SCHMIDT ! MARCHAND DE LACETS ! BEC DE GAZ ! RENIFLEUR ! LAMPION !!!
SAUTE-DESSUS ! BIGORNEAU ! CHAUSSETTE À CLOUS ! PIED PLAT ! BIGNOLON !
ET POUR FINIR, ENCUL...
TAPAGE NOCTURNE !
RÉUNION EN VUE DE PORTER ATTEINTE AUX REPRÉSENTANTS DE LA RÉPUBLIQUE ! CONTREBANDE ! INHUMATION ILLÉGALE ! ET POUR FINIR, IVRESSE SUR LA VOIE PUBLIQUE !
CLÉMENCEAU ?!
JE VOUS AVAIS PAS DIT, LES GARS, QU'EN GARDANT UN ŒIL SUR LUI ON AURAIT DE QUOI REMPLIR NOS CARNETS POUR LA SEMAINE ?
POLICE
POLICE
24

VOIE PUBLIQUE ?! CHUIS CHEZ MOI !!! J'AI MON NOM SUR L'ACTE DE PROPRIÉTÉ ! REGARDE !
JEAN-PIERRE ROUSSEAU ? T'AS PAS UNE TÊTE À T'APPELER JEAN-PIERRE ROUSSEAU...
LE DÉLIT DE FACIÈS, C'EST PAS ENCORE RECONNU PAR LE CODE PÉNAL...
ET POUR LE TAPAGE NOCTURNE, CHEF ? LA CONTRAVENTION, JE LA METS AU NOM D'AMÉDÉE OU DE JEAN-PIERRE ?
POLICE
MINCE, LA MERGUEZ ! S'IL CONTRAVENTIONNE, ÇA REMONTE DIRECT AU JUGE ! ET ADIEU LA BICOQUE...
BON...
RICARD
HÉ, CHEF ! METTEZ-LA PLUTÔT AU NOM DE SESE SEKO KUKU NGBENDU WA ZA BANGA ! LE TAPAGE NOCTURNE, C'EST MA RESPONSABILITÉ : J'AI INVOQUÉ TROP FORT !
EUH... ÇA LOGE PAS, CHEF ! J'AI PAS ASSEZ DE PLACE...
LAISSE TOMBER... DE TOUTE FAÇON ILS SONT PAS SOLVABLES...
MAIS NOTRE AFFAIRE EST PAS FINIE... JEAN-PIERRE...
BON DÉBARRAS ! SALES CONDÉS !!!
HÉ ! MOI M'SIEUR AMÉDÉE ! MOI !
POLICE
QU'EST-CE QU'Y A ?
POURQUOI TU LÈVES LE DOIGT COMME ÇA ?! T'ES PAS AU CERTIF !
POLITSEYSKIY !!!
...
QUOI ?...
ÇA VEUT DIRE POLICIER, EN RUSSE !
HÉ ! MAIS C'EST LUI LE DERNIER ?!
OUAIIIIS !!!
IL A GAGNÉ !!!

TU M'AIDES À LE PORTER, MONIQUE ?
EH BEN... POUR QUELQU'UN QUI BOIT PAS, IL A SALEMENT ÉCLUSÉ !
ET Y A PLEIN D'AUTRES TRUCS QU'IL NOUS A CACHÉS ! TU SAVAIS QUE MONSIEUR S'APPELAIT JEAN-PIERRE, ET AVAIT ÉTÉ FLIC ?
AH BON ?
HÉÉÉÉÉÉ... CHUIS PAS FLIC, MOI ! NONONONON...
ET MAINTENANT, J'AI UNE BELLE MAISON...
TU SAVAIS ÇA, MONIQUE ? HEIN ?
QUE J'AVAIS UNE BELLE MAISON ?
MAIS OUI, AMÉDÉE...
JUSTEMENT, ON VA VISITER LA CHAMBRE À COUCHER, SI TU VEUX BIEN...
AH NON, MONIQUE ! PAS LE PREMIER SOIR !
RAAAH... QU'EST-CE QU'IL EST LOURD QUAND IL EST CON, CET ANIMAL-LÀ...
ET C'EST PAS UNE MÉTAPHORE !
ALLEZ ! PREMIÈRE CHAMBRE ! ÇA FERA L'AFFAIRE !
BLAM !
ET SALUT LES AMOUREUX !
ROOOOH... C'EST GENTIL, C'QU'Y DIT, LÀ...
LES ZAMOU-REUX...
DIS, MONIQUE... MAINTENANT QUE J'AI UNE MAISON... TU VEUX PAS QU'ON REDEVIENNE DES ZAMOUREUX ?
NOUVELLE MAISON...
NOUVELLE VIE...
NOUVELLE FEMME...
C'EST TROP TARD, AMÉDÉE... J'AI BERNARD, MAINTENANT...

BERNARD ? MAIS C'EST UN CON, BERNARD ! T'AS VU SA TRONCHE ? EN PLUS IL A UN MOBILE-HOME !
C'EST PEUT-ÊTRE UN CON, MAIS IL EST LÀ QUAND J'AI BESOIN DE LUI...
MAIS... MOI AUSSI, JE SUIS LÀ !
OUI MAIS MOI, J'AI PLUS BESOIN DE TOI... C'EST TROP TARD, AMÉDÉE...
ON VA PAS FAIRE DU TECHNICOLOR D'AUJOURD'HUI AVEC DU NOIR ET BLANC D'HIER...
LES FEMMES, C'EST COMME L'AMOUR, AMÉDÉE...
ÇA N'ATTEND PAS...
?!
OOOOH ! PURÉE !
J'VOIS L'UNIVERS !
NAN ! C'EST JUSTE LA VOIE LACTÉE...
AAAAAH !!?!
QUI... QUI A PARLÉ ?!
C'EST PAS DES VRAIES ÉTOILES, C'EST DES EN PLASTIQUE QUI BRILLENT LA NUIT...
MAIS... QU'EST-CE QUE TU FOUS EN DESSOUS DU LIT, TOI ?!

JE FAISAIS TOUJOURS ÇA, AU CENTRE D'ACCUEIL, QUAND J'ÉTAIS TRISTE...
ET LÀ, T'ES TRISTE ?
OUI.
BEN POURQUOI ?
T'AS EU UNE BELLE FÊTE, NON ?
OUI.
MAIS MON COSTUME DE COSMONAUTE... IL... IL EST DÉCHIRÉ...
WAAAH ! MAIS C'EST PAS GRAVE, ÇA !
ON T'EN FERA UN AUTRE !
ALLEZ VIENS ! RESTE PAS LÀ !
MAIS C'EST TROP PETIT POUR DEUX...
EH BEN ON VA SE SERRER !
ET QUAND TU M'AURAS RÉPARÉ MON COSTUME, ON POURRA CONSTRUIRE UNE NAVETTE ?
COMME CELLE DE GAGARINE ?
ON POURRA, DIS ?
HEIN ? OUIII... MMMBLFFFF...
PARCE QU'UN COSTUME DE COSMONAUTE SANS NAVETTE, ÇA SERT À RIEN !
ET MOI JE VEUX PARTIR POUR L'ESPACE, M'SIEUR AMÉDÉE !
C'EST ÇA QUE JE VEUX FAIRE...
PARTIR POUR L'ESPACE...

LE... LE 2 ?
J'APPUIE SUR LE 2, C'EST ÇA ?
OUI MONSIEUR.
TÛT !
?
BRRRRRRR...
VOUS VERREZ, M'SIEUR AMÉDÉE...
HU ?!
ÇA SECOUE UN PEU...
MAIS ON EST TROP BIEN, DANS L'ESPACE !
HAAAAAAAAAAAAAA...
AMÉDÉE !
SECOUE-TOI !!!
HAAA !
C'EST NICOLAS !
IL EST SUR LE TOIT !
FAUT QUE J'M'ENTRAÎNE, M'SIEUR AMÉDÉE !
J'VAIS BIENTÔT PARTIR !
DESCENDS DE LÀ, GAMIN !
TU VAS TOMBER !
OH PURÉE...
NICOLAS !
COUCOU !

NICOLAS !
MAIS QU'EST-CE QUE TU FAIS LÀ-HAUT ? DESCENDS !
HEIN ?!
HÉ !
BONJOUR MADAME LOUISON !
C'EST VOUS QUI L'AVEZ LAISSÉ MONTER ?
AH NON, IL SE DÉBROUILLE TOUT SEUL !
ET QUI ÊTES-VOUS, D'ABORD ?
LE NOUVEAU TUTEUR DE NICOLAS.
QUOI ?!
MAIS... ET MADAME FRICHET ?
ELLE EST MORTE.
WOOW...
NICOLAS ?
NICOLAS !
OUAAAH !
NICO... RAAH !
SALOPERIES DE TROÈNES !
NICOLAS ? MAIS... OÙ IL EST PASSÉ ?!
MAIS C'EST PAS POSSIBLE !... IL PEUT PAS DISPARAÎTRE COMME ÇA !
BIEN SÛR QUE SI !
C'EST MÊME SON ACTIVITÉ FAVORITE !
VOUS, LE TUTEUR, SUIVEZ-MOI !
JE SAIS OÙ IL EST ALLÉ !

POURQUOI C'EST À CHAQUE FOIS QU'ON PREND DES VACANCES QUE LES GENS MEURENT, HEIN ?!
UNE SEMAINE PAR AN, C'EST QUAND MÊME PAS BEAUCOUP ! POURQUOI ILS SE PRÉCIPITENT TOUS POUR DISPARAITRE À CE MOMENT-LÀ ?!
C'EST PEUT-ÊTRE PAR... PUDEUR ?...
DE LA PUDEUR ?!?
MAIS DANS MON MÉTIER D'INFIRMIÈRE À DOMICILE, ON LA PULVÉRISE, LA PUDEUR ! À POIL POUR UN RIEN, ON EST À PEINE ENTRÉ DANS LA CUISINE QUE LES PANTALONS SE BAISSENT !
VOUS ÊTES PAS VENUE POUR NOUS PIQUER, QUAND MÊME ? JE SAIS BIEN QU'ON A DES TÊTES DE VIEUX CHIENS, MAIS ON MÉRITE PAS ÇA !
CE MATIN, EN REPRENANT LE BOULOT, JE SUIS PASSÉE AU CENTRE D'ACCUEIL VOIR NICOLAS : C'EST SUR MON CHEMIN POUR LA MAISON DE RETRAITE DE MADAME FRICHET...
LÀ, J'APPRENDS QU'IL EST RENTRÉ CHEZ LUI...
ALORS J'AI CRU QUE SA MAMAN ÉTAIT RENTRÉE, ELLE AUSSI !
EH NON...
JE LUI AVAIS RAPPORTÉ UNE PHOTO POUR SON ARBRE, ELLE M'AVAIT DIT QUE J'INAUGURERAIS UNE NOUVELLE BRANCHE, CELLE DES AMIS...
EUH... MADAME LOUISON...
VOUS NOUS EMMENEZ OÙ, LÀ ?
ON COUPE PAR LE CIMETIÈRE !
C'EST SUR NOTRE CHEMIN POUR RETROUVER NICOLAS...

DITES DONC ! LUI AVEC SA TÊTE, IL A DÛ ÊTRE NOTAIRE OU TAXI, UN TRUC À EMMERDER LE MONDE !
ALLEZ, DÉPÊCHONS !
J'AI MA TOURNÉE QUI PREND DU RETARD, MOI !
ROH, JE DIS ÇA, C'EST POUR DÉTENDRE L'ATMOSPHÈRE...
TENEZ... CELUI-LÀ : FLIC ! AVEC UNE TÊTE DE COUCOU PAREIL, IL POUVAIT ÊTRE QUE DANS LA BRIGADE À PIED !
QUAND VOUS PARLEZ COMME ÇA, VOUS ME FAITES PENSER À VOTRE TANTE...
ELLE AVAIT TOUJOURS DE CES EXPRESSIONS... SA PRÉFÉRÉE, C'ÉTAIT : « ÇA, C'EST UN COUP À COUCHER DEHORS AVEC UN BILLET DE LOGEMENT ! »
HAHA !!!
ALLEZ, ESSAYEZ : CELLE-LÀ ?
PFFFFFF... PEUT-ÊTRE EUH... GOUVERNANTE ?
MOI, JE DIS BOUCHÈRE ! SANS HÉSITER !
ELLE A DES JOUES À VENDRE DES RILLETTES !
ET CELLE-CI ! STAR DE CINÉMA MUET, OU DAME PIPI D'HÔTEL DE LUXE ?
NON... C'EST VOTRE TANTE...

SNRFF... MÊME EN LA VOYANT, JE N'Y CROIS TOUJOURS PAS...
« LE VOIR POUR LE CROIRE... SAINT THOMAS », DIRAIT UN AMI À MOI...
AH, VOUS ÊTES CROYANT ?
AH NON ! C'EST COMME LE BOULOT ET LES HÉMORROÏDES, JE LAISSE ÇA AUX AUTRES ! LA TANTINE, ELLE SERT DE BOUFFE AUX VERS ET Y A RIEN APRÈS ! Y A DÉJÀ PAS GRAND-CHOSE AVANT...
EH BEN DITES DONC ! C'EST L'ENDROIT APPROPRIÉ POUR DISCUTER AVEC VOUS !
BON...
AU MOINS, VOUS AVEZ BIEN CHOISI LA PLAQUE.
ELLE ADORAIT LES ROUGES-GORGES...
À ma tantine adorée...
ALLEZ, JE VAIS FINIR PAR ÊTRE VRAIMENT EN RETARD ! ALLONS RETROUVER NICOLAS !
EUH... JE... JE VOUS REJOINS, JE VOUDRAIS RESTER SEUL UN MOMENT AVEC TANTINE... HUM...
ACCUEIL
DITES-MOI ! QUI C'EST QU'A MIS CETTE PLAQUE SUR LA TOMBE DE MADAME FRICHET ?
AH. VOUS AUSSI VOUS TROUVEZ ÇA BIZARRE...
EN TRENTE ANS DE CIMETIÈRE, J'AI TOUT VU. MAIS UN COLISSIMO À L'ENTERREMENT, C'EST LA PREMIÈRE FOIS.
'TTENDEZ, J'AI GARDÉ LES PAPIERS.
J'SUIS GARDIEN, J'GARDE TOUT...
VOILÀ. REÇU LE JOUR MÊME DE L'ENTERREMENT, LA POSTE FAISANT FOI.
C'EST BIEN LA SEULE À FAIRE ENCORE ÇA...
URGENT

MADAME LOUISON ? VOUS ÊTES LÀ ?
MAIS...
ÉPAVISTE
PROMO CASH -30%
NICOLAS !!!
CHHHT...
AH BEN TE VOILÀ, L'ESCAMPETTE ! ÇA SE FAIT PAS, DE SE TIRER COMME ÇA ! CHUIS UN PEU RESPONSABLE DE TES MICHES, MOI, BONHOMME ! SI L'OISEAU S'ENVOLE, JE PERDS LE NID AVEC !
DIS, TU M'ÉCOUTES OU...
ASTRO PARC
NOUVELLE ATTRACTION!
LE DÉCOLLAGE VERS L'ESPACE!
?!
C'EST ICI QUE VOUS LE TROUVEREZ PRESQUE À CHAQUE FOIS...
NICOLAS EST UN FUGUEUR RÉCIDIVISTE, MAIS AVEC SES PETITES HABITUDES !
MAIS D'OÙ ÇA LUI VIENT, ENFIN ? CETTE PASSION POUR L'ESPACE ?
ÇA VOUS FASCINE PAS, VOUS, LES ÉTOILES ?
ÇA NE VOUS INTÉRESSERAIT PAS, DE SAVOIR CE QU'IL Y A PLUS LOIN ?
AH NON ! J'AI DÉJÀ SUFFISAMMENT DE MAL À GARDER LES PIEDS SUR TERRE, ALORS ALLER PERDRE LA TÊTE LÀ-HAUT...
ET PUIS... RÊVER, C'EST S'ÉVADER UN PEU... QUAND NICOLAS FLOTTE DANS L'ESPACE, IL EST LOIN DE SES SOUCIS...
MAIS MOI, J'AI PAS LE DROIT D'Y ALLER...
EUH... OÙ ÇA ?
AU « DÉCOLLAGE VERS L'ESPACE ».

LE DÉCOLLAGE VERS L'ESPACE !
POURQUOI ? C'EST TA MÈRE QUI VOULAIT PAS ?
NON, C'EST LA DAME, AU GUICHET !
CE GENRE D'ATTRACTION EST DÉCONSEILLÉ AUX FEMMES ENCEINTES ET AUX PERSONNES DITES « SENSIBLES »...
J'FAIS LE MÊME ENTRAINEMENT QUE YOURI GAGARINE, CHUIS PAS SENSIBLE !
T'AS LE VERTIGE ?
NON.
TU VOMIS ?
NON.
BEN ALORS JE VOIS PAS POURQUOI TU POURRAIS PAS MONTER DANS TON SUPPOSITOIRE DE L'ESPACE SI T'EN AS ENVIE !
PAF !
C'EST VRAI ?
YOUPIIIIII !
LE DÉCOLLAGE VERS L'ESPACE
?
PLASTIC BERNARD
PLASTIC BERNARD ? MAIS... QU'EST-CE QU'IL VIENT FOUTRE PAR ICI EN CAMION, CET EMPAFFÉ ?
PLASTIC BERNARD
BROCANTE SIXTIES
ARRIVAGES PERMANENTS !
NOUS VIDONS VOS CAVES ET GRENIERS !
BRRRRRR
OH ! LE BOUGNAT ! ME FAIRE ÇA, À MOI ?!

OH LE BOITEUX ! L'ESCARPE ! L'ÉCORCHEUR ! LE SIPHONNEUX ! ET VOUS L'AVEZ LAISSÉ FAIRE ?!
BEN... IL NOUS A DIT QUE T'ÉTAIS D'ACCORD...
MAIS VOUS ÊTES PIRES QUE DES AGENTS DE LA CIRCULATION EN JUIN 40 ! LA MALFAISANCE DÉCAPUCHONNÉE COGNE À LA PORTE ET VOUS OUVREZ, LA BOUCHE EN COEUR, COMME DES CHEVREAUX OUVRENT AU LOUP ?
MAIS IL A DIT QUE TU VOULAIS TOUT REMETTRE À NEUF !
C'EST LUI QUE JE VAIS REMETTRE À NEUF ! EN COMMENÇANT PAR LE FONDEMENT !
IL A TOUT VIDÉ...
MÊME LA CHAMBRE DU GOSSE...
MAIS ?...
QU'EST-CE QUE...?
?
PRIE-DIEU ! QU'EST-CE QU'ILS FOUTENT LÀ, LES PLAYMOBIL ORANGES ? ILS ÉTAIENT SOUS LES MEUBLES OU QUOI ?
BEN VU QUE C'ÉTAIT VIDE, J'EN AI PROFITÉ POUR PROPOSER À DES AMIS BOUDDHISTES DE VENIR RÉORDONNER LA COSMOGONIE DU LIEU...
UNE SORTE DE GRAND NETTOYAGE DHARMIQUE, QUOI...
DES FOIS, J'ME DEMANDE SI C'EST PAS TOI QUI AURAIS BESOIN D'UN GRAND NETTOYAGE... ÇA S'ENTRECHOQUE DRÔLEMENT, SOUS TON CHAPEAU, NON ? UNE VRAIE PARTOUZE MONOTHÉISTE...
?!
ET LE... NON... IL A QUAND MÊME PAS OSÉ ?!

SI...
IL A OSÉ...
IL A RIEN LAISSÉ...
MÊME LES PHOTOS DE L'ARBRE DE FAMILLE...
AH BEN... SI Y A PLUS QUE MA PHOTO DE VACANCES, MOI, J'LA METS PAS !
MADAME LOUISON...
J'AURAIS BESOIN D'UN SERVICE... POUR ENCLENCHER UN PRÉLUDE À UN CONFLIT MONDIAL, LOCALISÉ DANS L'EST PARISIEN...
AH, MOI JE SUIS NON VIOLENTE, HEIN !
VOUS INQUIÉTEZ PAS...
LA VIOLENCE, J'M'EN CHARGE... J'AURAIS PLUTÔT BESOIN DE MOTORISATION...
C'EST LOIN ?
UN PEU...
D'ACCORD. MAIS J'AI UN PATIENT À VOIR AVANT. VOUS M'ACCOMPAGNEZ !
ET TOI, LA FILLE DE L'AIR, TU COMPTES LES PÂQUERETTES OU TU CHASSES LES TAUPES, J'M'EN FOUS ! MAIS TU RESTES DANS LA MAISON !
BLAAM !
PET PET
VRRRROOOOAAAAAARRRRRR

ÇA VA ÊTRE ENCORE LONG, VOTRE PIQÛRE, LÀ ?
PARCE QUE JE SENS QUE MES MEUBLES SONT DÉJÀ SUR LE MARCHÉ DE L'OCCASION...
EH, C'EST BON ! JE VAIS PAS TRANSFORMER LES JAMBES DE MADAME ALEXANDRA EN CARPACCIO POUR TROIS COMMODES ET DEUX CANAPÉS EN SOLDES !
C'EST VRAI QU'ELLES SONT PLUS AUSSI FINES QU'AVANT...
MAIS... CE SONT TOUJOURS DES JAMBES DE CLODETTE !
REGARDEZ LA PHOTO À CÔTÉ DE VOUS...
VOUS... VOUS ÊTES UNE ANCIENNE CLODETTE ?!
INCROYABLE !
AH NON ! PAS ANCIENNE : CLODETTE UN JOUR, CLODETTE TOUJOURS !
BON ! S'IL VOUS PLAÎT, JE SUIS EN CONSULTATION !
MAIS VOUS ÉTIEZ LAQUELLE, DE CLODETTE, LA BLONDE OU LA BRUNE ?
TROISIÈME À GAUCHE, EN DEUXIÈME LIGNE !
LE 17 DÉCEMBRE 1975 AU PALAIS DE L'ÉLYSÉE !
CLAUDE AVAIT CHANTÉ POUR LE NOËL DES ENFANTS !
SANS BLAGUE ?!
IL A MÊME FAIT UN DUO AVEC VALÉRY GISCARD D'ESTAING, QUI L'ACCOMPAGNAIT À L'ACCORDÉON...

MOI, J'ÉTAIS SERVEUSE À LA RÉCEPTION. ET PENDANT LA RÉPÉTITION, UNE DES DANSEUSES S'EST CASSÉ LA CHEVILLE !
PAS MOYEN DE TROUVER UNE REMPLAÇANTE ! ET CLAUDE ÉTAIT TRÈS POINTILLEUX : SI SON SHOW ÉTAIT POUR HUIT DANSEUSES, C'ÉTAIT PAS SEPT !
IL A DEMANDÉ SI QUELQU'UN SAVAIT DANSER... LÀ, NI UNE NI DEUX : J'AI ARRACHÉ MON TABLIER !
ET CROYEZ-MOI OU NON : TOUT EST VENU AVEC !
CRIII
AAAH... JE ME SOUVIENDRAI TOUJOURS...
MOI EN CULOTTE, ET LE GRAND CLAUDE FRANÇOIS QUI ME DIT...
« C'EST UN PEU RAPIDE, MADEMOISELLE. NOUS NE NOUS CONNAISSONS PAS ENCORE ! »
HAHA !!
TAP! TAP! TAP!
OH OUI, VOUS POUVEZ RIRE... MAIS J'AIME AUTANT VOUS DIRE QUE J'ÉTAIS ROUGE DE HONTE !
IL M'A DEMANDÉ DE FAIRE DEUX MESURES...
TAP TAP!
PFT!
ET IL M'A SIGNÉ UN CONTRAT POUR DIX MINUTES DE PRESTATION !
HAHA HA !!
INCROYABLE !
ET ATTENDEZ ! CE N'EST PAS TOUT ! C'EST LÀ QUE J'AI RENCONTRÉ MON MARI !
VENEZ VOIR ! JE VAIS VOUS LE PRÉSENTER !
BLAFF!
...
39

ET VOILÀ ! TENUE DU GALA MONÉGASQUE DE 1972 !
AUTHENTIQUE ! ACHETÉ À SA SORTIE DE SCÈNE !
AH BEN ÇA !
BON, LA PHOTO DE MON MARI, C'ÉTAIT POUR RIGOLER ! ET PUIS ÇA PIMENTE UN PEU... ENFIN, VOUS SAVEZ, QUOI !
C'EST... C'EST LUI, VOTRE MARI, LÀ, SUR LA PHOTO ?!
VOUS LE CONNAISSEZ ? IL EST AGENT DE POLICE !
SON RÊVE, C'ÉTAIT D'ÉPOUSER UNE CLODETTE !
MPRFFF... HEUREUX HOMME !
MADAME ALEXANDRA !
JE PEUX VOUS LA FAIRE, VOTRE PIQÛRE ? OU IL FAUDRA UN AUTRE RENDEZ-VOUS ?
OUI, J'ARRIVE !
PFFFFF... CELLE-LÀ, C'EST COMME LES FILES D'ATTENTE À PÔLE EMPLOI... ÇA VA JAMAIS ASSEZ VITE !
...
AAAAAH, CLÉMENCEAU... MON GROS CON DE FLIC !...
PURÉE...
QUAND LES COPAINS VONT SAVOIR ÇA, Y A PAS QUE LE TÉLÉPHONE QUI VA PLEURER !
TAP TAP !

PLASTIC BERNARD
BROCANTE RETRO 50's 60's 70's
ARRIVAGES PERMANENTS
I AM THE KING OF THE DIVAN ! OUWOUWOU-WOUUUU !
FERRAILLES &
QUINCAILLERIE ~ LUMINAIRE
ÇA PLANE POUR MOI ! LALALALAAAAA... ÇA PLANE POUR...
BONK !
HÉÉÉ !!!
T'AS DE LA MUSIQUE MILITAIRE, LÀ-DEDANS ?
POURQUOI ?
POUR QU'ON SE METTE DANS L'AMBIANCE, CONNARD !
HÉHO !!!
SBLAAF !!
MAIS IL EST PAS BIEN, L'ÉBOUEUR, LÀ ?!

JE VIENS RÉCUPÉRER MON INTÉRIEUR !!!
À CE RYTHME-LÀ, IL VA RIEN TE RESTER !
J'VOIS QUE T'AS DE QUOI LE REMPLACER ! TU FAIS LIVRAISON À DOMICILE ?
BONK !
J'TE DONNE PAS L'ADRESSE...
APPAREMMENT, ON T'A DÉJÀ RENCARDÉ ! HEIN MONIQUE ?
HUM... J'Y SUIS POUR RIEN, MOI, AMÉDÉE, DANS VOS COMBINES !
AH... ELLE EST LOIN, TON ÉPOQUE MÈRE TERESA EN 35 OÙ TU SOIGNAIS LES PAUVRES LE WEEK-END À COUPS DE COUVERTURES ET SOUPES CHAUDES !
T'APPORTAIS UN PEU DE JOIE AUX LOQUETEUX JUSQU'AU SAMEDI SOIR SUIVANT...
ET MAINTENANT, TU LES DÉPOSSÈDES AVEC L'UNIQUE SURVIVANT DES CHAUSSETTES NOIRES ?
DIS DONC GAVROCHE !
RALENTIS LE DÉBIT ET MODÈRE LE TON ! PARCE QUE JE TE CROIS PAS EN POSITION D'EXIGER QUOI QUE CE SOIT !
J'EXIGE SI J'VEUX ! C'EST PAS MOI LA CHOURAVE !
T'EN ES CERTAIN, « JEAN-PIERRE ROUSSEAU » ?...

« JEAN-PIERRE ROUSSEAU, NÉ LE 6 OCTOBRE 1966 À MELUN, SEINE-ET-MARNE » ?
Jean-Pierre Rousseau né le 6 oct. 1966 à Melun, Seine-et-Marne
RUE DE LAPPE
« 1966 » ? WOOW... TU FAIS PLUS VIEUX EN VRAI QUE SUR LA PHOTO ! SI TU VOIS CE QUE JE VEUX DIRE... JEAN VALJEAN...
D'ACCORD... TU... TU VEUX QUOI, POUR LA FERMER ?
MOI ? MAIS J'AI DÉJÀ TOUT !
ALORS... JE T'ÉCHANGE TON SILENCE CONTRE DU DÉPÔT-VENTE...
PARFAIT ! C'EST UN PLAISIR D'ÊTRE EN AFFAIRES AVEC TOI, AMÉDÉE...
JE... PEUX RÉCUPÉRER LA BOÎTE ?
C'EST TOUT CE QUI LUI RESTE, AU GAMIN...
MARCHÉ
PAUL BERT
MARCHÉ AUX PUCES

VOUS VOILÀ ARRIVÉ CHEZ VOUS !
HUM... AVANT QUE VOUS PARTIEZ... JE PEUX METTRE MA PHOTO DE VACANCES DANS LA BOÎTE ?
JE REPASSERAI LA SEMAINE PROCHAINE, POUR VOIR OÙ NICOLAS L'AURA PLACÉE DANS L'ARBRE...
VOUS VOULEZ PAS PLUTÔT NOUS AIDER À TOUTES LES RECOLLER ? ÇA LUI FERA PLAISIR...
ET À MOI AUSSI...
TOC TOC !
MONSIEUR ROUSSEAU ?
WIK ! WIK ! WIK ! WIK ! WIK ! WIK !
MAIS BON SANG ! VOUS ALLEZ LE LAISSER TRANQUILLE, MONSIEUR ROUSSEAU ? IL SE PASSE PAS DEUX MINUTES SANS QU'ON ESSAYE DE L'EMMERDER, MONSIEUR ROUSSEAU !
JEAN-CHARLES DUGOMMIER, NOTAIRE, ET EDGAR DELOI, JUGE EN CHARGE DU SUIVI DES PROCÉDURES DE TUTELLES ET CURATELLES...
AH ? BONJOUR...

QU'EST-CE QUE...?
TENEZ...
« CONVOCATION AU TRIBUNAL » ?... « CONFISCATION DE LA DEMEURE » ?!
CONVOCATION
MAIS... MAIS POURQUOI ?
VOUS AVEZ EN CHARGE, EN QUALITÉ DE TUTEUR, MONSIEUR NICOLAS FRICHET...
OR VOTRE MAISON EST VIDE, ELLE NE CONFÈRE DONC AUCUNE GARANTIE D'UNE VIE CONVENABLE À MONSIEUR FRICHET.
DE PLUS, CELUI-CI DEMEURE INTROUVABLE !
S'IL N'EST PAS RÉAPPARU SOUS 48 HEURES, NOUS NOUS VERRONS DANS L'OBLIGATION DE VOUS RETIRER SA GARDE ET DE PRÉVENIR LES SERVICES DE RECHERCHE DE LA POLICE.
AU REVOIR, MONSIEUR.
BAM!
MAIS COMMENT VOUS AVEZ PU LAISSER RENTRER CES EMPAFFÉS ?!
ET NICOLAS ? VOUS EN AVEZ FAIT QUOI ?!
ON L'A CHERCHÉ PARTOUT ! J'AI MÊME MIS MES BOUDDHISTES SUR LE COUP... INTROUVABLE !
ON EST FOUTUS...
PFFFF... IL EST QUAND MÊME PAS PARTI POUR MARS ?!...
OH !
JE SAIS ! JE SAIS OÙ IL EST !
IL Y EST TOUT LE TEMPS !
TOUT LE TEMPS !

LE DÉCOLLAGE VERS L'ESPACE !
JE COMPRENDS PAS...
HÉ, M'SIEUR !
VOUS CHERCHEZ LE GAMIN ?
IL ÉTAIT LÀ, TOUT À L'HEURE...
LUI QUI CAUSE JAMAIS, IL M'A DEMANDÉ QUEL DOIGT IL FALLAIT LEVER POUR FAIRE DU STOP...
JE ME SENS BIEN...
LE MORAL EST BON...
JE POURSUIS MON VOL, TOUT VA BIEN !
TRANSPORTES INTERNACIONALES
RAPIDO
DUCOUDRAY &

www.angle.fr

© 2016 BAMBOO ÉDITION
116 chemin des Jonchères
71850 CHARNAY-LÈS-MÂCON
Tél. : 03 85 34 99 09 - Fax : 03 85 34 47 55
Site Web : www.bamboo.fr
e-mail : bamboo@bamboo.fr

Tous droits de traduction, d'adaptation et de reproduction strictement réservés pour tous pays.

PREMIÈRE ÉDITION

Dépôt légal : septembre 2016

ISBN : 978-2-8189-4008-2

PEFC
PEFC/10-31-1800
PROMOUVOIR LA GESTION DURABLE DE LA FORÊT

Imprimé en France
Printed in France by PPO Graphic, 91120 Palaiseau

La fabrication de cet album répond au processus de développement durable engagé par Bamboo Édition. Il a été imprimé sur du papier certifié PEFC.

Pour être alerté de la sortie du prochain album, rendez-vous sur www.angle.fr/alerte-nouveaute